DISNEP

Winnie l'ourson

Winnie
et l'arbre à miel

PRESSES AVENTURE

Tous droits réservés, selon la convention des droits d'auteurs aux États-Unis, par Random House, Inc., New York et simultanément au Canada, par Random House du Canada Limité, Toronto, concurremment avec Disney Enterprises, Inc. Winnie l'Ourson et tous les autres personnages qui y sont associés sont des marques de commerce de Random House. Inspiré de l'histoire de A. A. Milne et E. H. Shepard. Publié originalement par Disney Press en 1988.

Paru sous le titre original de : *Pooh's Honey Tree*

Ce livre est une production de Random House, Inc.

Publié par **PRESSES AVENTURE**, une division de
LES PUBLICATIONS MODUS VIVENDI INC.
55, rue Jean-Talon Ouest, 2ᵉ étage
Montréal (Québec)
Canada H2R 2W8

Dépôt légal - Bibliothèque et Archives nationales du Québec, 2006
Dépôt légal - Bibliothèque et Archives Canada, 2006

Traduit de l'anglais par : Catherine Girard-Audet

ISBN-13 : 978-2-89543-508-2

Nous reconnaissons l'aide financière du gouvernement du Canada par l'entremise du Programme d'aide au développement de l'industrie de l'édition (PADIÉ) pour nos activités d'édition.

Gouvernement du Québec — Programme de crédit d'impôt pour l'édition de livres — Gestion SODEC

Winnie l'ourson

Winnie
et l'arbre à miel

Adapté par Isabel Gaines
Illustré par Nancy Stevenson

Winnie a un grand cœur
et un gros ventre.

Le ventre de Winnie

a toujours l'air

bien plein, mais

il a toujours faim.

Un jour, Winnie sort
son pot de miel.
Il est vide !

Winnie entend un
bourdonnement.
BIZZ ! BIZZ ! BIZZ !

Une abeille passe tout près de l'oreille de Winnie.
BIZZ ! BIZZ ! BIZZ !

Winnie sait que les
abeilles font du miel !
Il décide donc de
suivre l'abeille…

... dans la forêt
des cent Acres.

Il arrive bientôt
devant un
grand arbre.

Winnie grimpe

dans l'arbre.

CRAC !

Une branche se casse.

Winnie tombe par terre.

BANG !

Winnie se frotte la tête.
Jean-Christophe peut
peut-être aider Winnie
à trouver du miel.

Winnie se met en route
et va chez son ami.

Un gros ballon bleu
est attaché au tricycle
de Jean-Christophe.

« Puis-je emprunter ton ballon ?
demande Winnie. J'en ai besoin
pour trouver du miel. »

« Tu ne peux pas trouver
du miel avec un ballon »,
dit Jean-Christophe.
« Je vais l'utiliser pour voler
dans les airs jusqu'au miel »,
dit Winnie.

« Mon pauvre petit ourson,
dit Jean-Christophe.
Les abeilles vont te voir. »

Winnie et Jean-Christophe
vont à l'arbre à miel.

Winnie se roule dans la boue.

« Les abeilles croiront que
je suis un petit nuage
noir », dit Winnie.

Jean-Christophe
s'assoit pour
observer Winnie.

Winnie tient fermement
le fil du ballon bleu.
Il flotte dans les airs
jusqu'au trou situé
dans l'arbre à miel.

Il essaie d'imiter

un petit nuage noir.

Puis il plonge le bras
dans le trou pour prendre
un peu de miel.

BIZZ ! BIZZ ! BIZZ !
Les abeilles se mettent à
bourdonner autour de la
tête de Winnie l'Ourson.

Puis le fil du
ballon se détache.

Winnie s'accroche au ballon
mais le ballon se dégonfle.

Winnie tombe de l'arbre.

Jean-Christophe fait
grimper Winnie l'Ourson
sur ses épaules.

«Je n'ai pas réussi, dit Winnie.
Et j'ai toujours envie de miel!
Jean-Christophe fait un câlin
à Winnie. «Mon pauvre
petit ourson!»